LA
ROYAUTÉ POSSIBLE.

« O toi ! qui recèles au secret de ton être,
de ce sang si long-temps régnant et de sentiment et de respect et de prestige, auquel
seul à ces causes, il est donné de se dire roi,
se faire roi, et de devenir, demeurer roi ;
de ce sang dont la vertu est telle, qu'en tout
cas, il y a moyen de le laver des taches, de
le libérer de l'alliage, de l'épurer enfin,
sinon au titre vierge d'origine, du moins
à quelque titre de bon aloi encore. »
(*Écrit intitulé* : A PHILIPPE. 1835.)

PARIS,

A. PIHAN DE LA FOREST, IMPRIMEUR,

RUE DES NOYERS, N° 37.

—

1835.

« Il a suffi à la restauration , d'une année pour blesser les
mœurs, les habitudes, les amours-propres, sans même aller jusqu'à l'extrême violation des lois, pour les blesser à ce point,
qu'une révolution s'est opérée moins par l'élan de toute la nation
que par l'agression de quelques-uns, jointe à l'indifférence pro-
fonde du plus grand nombre. Ce qui prouve que les gou-
vernemens ne doivent pas considérer seulement en quel nombre
d'hommes sont ceux qui les attaquent , mais en quel nombre
sont ceux qui veulent les défendre ; car dès qu'on a opéré au-
tour du gouvernement, l'indifférence, le délaissement, la dé-
saffection , il n'est plus besoin de la nation entière pour le
renverser, il suffit d'un petit nombre d'hommes , et qui se
forme en colonne et qui marche quand personne ne défend et
ne soutient. » (*M. Dupin aîné*, septembre 1835. — *Echo
français.*)

« Nous sommes riches ; mettons par conséquent que la
propriété est une chose sainte : nous avons besoin de dominer
ou de neutraliser les consciences scrupuleuses ; mettons que le
serment, un serment quelconque, n'importe à qui, est une
chose inviolable : nous voulons surtout rester ce que nous
sommes ; mettons que le gouvernement qui nous a fait cette position , est une chose immortelle. A défaut d'autres preuves ,
démontrons, prouvons cette sainteté , cette inviolabilité , cette
immortalité, par des peines. (*M. de Montalembert,* septembre
1835.)

28 juillet 1830! 28 juillet 1835! jours que de même enfanta le sort, et qui tranchent surtout en ceci, que le premier saisit le prince éperdu, et le lança, le jeta sur le trône, inquiet d'y monter, incertain d'y tenir; et que le second, en quelque façon qu'il dût tourner, s'il avait été bien entendu, s'offrait à y asseoir, y fixer à demeure, sa race.

La personne tombait-elle sous les coups, accompagnée d'un nombre de militaires et de citoyens, à l'instant éclatait et se propageait au loin un accent d'indignation, un mouvement d'exaltation; et le désastre tournait en triomphe, et le pavois s'élevait portant aux nues le successeur, et les destinées de la dynastie étaient inaugurées enfin; et ce cri, précurseur de durée, résonnait en l'ame, retentissait sur les lèvres : *Le roi est mort, vive le roi!*

Jusque là, car c'est le lieu de ne rien céler, tout manquait, et le droit de naissance et le droit de conquête, seuls titres admis par la loi des choses, consacrés aux fastes de l'histoire; et même le droit d'élection vraie, titre toujours susceptible de contestation en argumens, de réfutation par les événemens.

A défaut du droit, en ce jour survenait le fait, puissant de tout temps, tout puissant en ces temps, contre lequel se révoltent et la vague pensée et la vaine parole, devant lequel se soumettent aussitôt la conduite, bientôt la volonté.

Que si, au contraire, les coups n'atteignaient pas la personne, alors, à travers les éclats de la foudre avortée, jaillissait un vif trait de lumière éclairant le champ encore ténébreux de l'avenir, et montrant aux ennemis les plus acharnés, dans le péril de l'être placé au faîte, le péril de tous les êtres épars dans les divers rangs.

Au camp fort en désordre des légitimistes, et même au camp mieux en ordre des républicains, les vœux s'apaisaient ce semble, les espoirs s'ajournaient du moins.

Ceux-là parvenaient à concevoir qu'au-dessus de la royauté, mode variable, prédomine la société, fin immuable, et qu'en l'abîme de l'anarchie, jamais ne viendrait à naître, à se nourrir, l'embryon de la monarchie.

Ceux-ci arrivaient à comprendre que l'œuvre ébauchée en ce siècle et réservée aux temps, ne devait s'accomplir en un clin d'œil, et qu'au nouvel être social, ainsi éclos de l'assassinat, le pied allait glisser dans le sang.

N'importe donc l'issue, sauf sous le rapport de la personne. A l'égard des choses, de même l'issue était propice.

La fatalité, cette fois généreuse, apparaissait comme à l'effet d'accomplir la tâche obligée.

Tandis que le lâche conseil induisait à *faire le roi*, voilà que l'atroce complot réussissait à *faire roi*.

Mais que sert! les faveurs sont reniées; les destins sont refoulés; la Providence, si le frêle esprit de l'homme n'est pas trop téméraire de supposer ici et là, sa haute intervention, la Providence est méconnue.

C'est que le salut du prince marche de niveau avec la perte du cabinet, et que le cabinet, de bonne foi sans doute, au lieu de juger comment le salut du prince est lié à sa perte, s'imagine que sa perte compromet le salut du prince.

De là, cet appareil infernal aussi, cette batterie diabolique aussi, de mesures convergentes au même but, de mesures foudroyantes, non pas encore contre la pensée, non pas même contre la langue, mais contre la plume.

Le cabinet s'étant fort gauchement posé sous le feu des

deux presses contrastantes, et se sentant hors d'état de leur répondre, prétend les faire taire ; sans se douter aucunement que l'invention et l'application de ce remède *in extremis* accuse le progrès de ses craintes, consume le reste de ses forces.

Comme les moutons de Panurge, l'une après l'autre nos libertés semblent vouées à sauter le fossé : naguère la liberté d'association, maintenant la liberté de discussion, bientôt peut-être la liberté de conversation.

Et il n'est pas donné d'arrêter enfin par un nœud, l'écheveau des mesures vexatoires, une fois qu'on a commencé à le dévider.

En une proportion infiniment distante, ici vient l'exemple de la Convention ; ici vont les paroles de Burrhus :

> Il vous faudra. . . . .
> Soutenir vos rigueurs par d'autres cruautés,
> Et laver dans le sang vos bras ensanglantés.

Aussi, en tant que ce soit licite d'imiter l'exemple de M. de Châteaubriand, qui dans les ci-devant jours de tyrannie, qualifiait je ne sais quelle loi, du titre de *sotte loi*, il y a ce premier mot à dire : LA LOI EST BÊTE (1).

La loi est bête au positif, en ce qu'il ne se rencontre nul

(1) En tout cas, le délit serait atténué ce semble, par l'attention délicate qui fut prise avant la confection de la loi, de faire imprimer et distribuer aux députés, aux pairs, aux journaux, les fragmens de deux écrits en date de 1827, sous ce titre parlant : *La Leçon du passé,*

Leçon ressuscitée des vieux jours tellement analogues aux jours nouveaux, que la vanité la plus irritable ne pouvait taxer d'insolence, alors qu'elle ne venait point s'appliquer au fait, et qu'au contraire le fait venait se jeter au devant d'elle.

Leçon si fatalement justifiée par la catastrophe de même menaçante à la suite d'erremens semblables, que la sottise la plus réfractaire ne devait accuser d'inconvenance, alors que le passé expérimenté s'adressait au présent inconsidéré, alors que la peine encourue était annoncée d'avance à la faute complotée.

rapport, nulle relation, entre la fin convoitée et les moyens inventés, et, par exemple, entre l'attentat à coup de balle et l'offense à trait de plume.

La loi est bête au comparatif, en ce que la prohibition des phrases frappe trop tard, ne pouvant plus arrêter la fermentation des idées, et frappe à faux, devant plutôt aggraver l'exaltation des esprits.

La loi est bête au superlatif, en ce que tout homme de sens comprendra qu'en la bravant, c'est la tuer ; car il n'est pairie qui se prête à punir le dissertateur à l'égal du conspirateur.

Puis il y a ce dernier mot à dire, qu'en l'ordre moral comme en l'ordre physique, tout procédé, tout expédient, s'il n'est d'aucun effet, a un effet fâcheux.

Quel est donc le délire, le vertige ?

La loi est faite sous le pretexte *implausible* de garantir la personne du prince ; et justement la loi fait que la personne du prince est plus exposée encore.

Seulement, que les faiseurs actuels, qui ont toujours été fort éloignés de la pensée d'un attentat, se rappellent en leur mémoire jusqu'à quel point les mesures, bêtes aussi, de 1827, avaient augmenté chez eux l'irritation, l'exaspération ; et songeant à cette sorte de gens en qui la morale est à néant, en qui l'émotion et l'action ne font qu'une, qu'ils se rendent compte en leur conscience jusqu'à quel terme doivent les pousser ces sentimens éprouvés au plus haut degré.

Eh ! tremblez, frémissez, vous tous, ministres, députés et pairs : ce n'est que de seconde main que le feu est mis à la carabine, au pistolet ; la première main, celle qui excite l'autre, c'est cette main qui signe le projet, qui jette la boule, c'est votre main même.

Encore, les traits de la plume allaient parler aux regards; encore les esprits avaient à deviser entre eux, à se faire du jeu ; et pour ces pauvres hères d'humains, que leur faut-il, sinon de se faire du jeu, de se donner quelque passe-temps.

Insensés ! quand il est mis fin au jeu des idées ; quand l'attrait de l'avenir n'allége plus la charge du présent ; quand les chances s'évanouissent de l'esprit, et que les griefs, bien ou mal fondés, demeurent sur le cœur, que doit-il s'ensuivre ?

Vous-mêmes, jetés en une position de périls, enfoncés dans les voies de perdition, et ne pouvant y tenir, ne voulant pas en sortir, la fatalité vous entraîne aux coups de désespoir, comme il se voit trop d'après les dernières lois.

Eux aussi, la fatalité les emportera, en fera tantôt des martyrs, tantôt des assassins.

L'attentat s'opérera de compte à demi ; entre eux, instrumens passifs, outils obligés, s'il se peut dire, tant la force des choses dispose des actes de l'homme ; et vous, moteurs primitifs, fauteurs indirects, de qui surgit l'impulsion successivement propagée en tout lieu, de qui ressort l'action immanquablement suivie de la réaction.

Certes , cette évidence est portée au plus haut degré, que la révolution n'aboutira point à fonder le règne de la liberté et de l'égalité, prises en leur vrai sens ; par cela même que, de jour en jour, à travers les tourmentes alternatives, s'aggravent la dégradation des esprits, la dépravation des cœurs.

« Qu'on ne bouge pas l'homme ! Sa raison , sa vertu sont de routine : tout mouvement, tout frottement en ont la fin. » (*La loi des circonstances*, 1830.)

Vile et vaine à la fois, ainsi se montre l'espèce humaine , aux phases successives de pause et de reprise, et sans cesse en un rapport vivement progressif :

Vaine en pensers, en desseins, en espoirs, l'espèce, et c'est de bonne foi, s'imagine entrer dans la voie, avancer vers le terme de la civilisation, et se leurre jusqu'à confondre la progressibilité ou la marche en un sens quelconque, avec la perfectibilité ou la marche dans le droit sens ;

Vile dans les actes privés, dans les rapports civils, l'espèce, et c'est comme à son insu, s'asservit aux instincts d'orgueil, aux appétits d'avarice, s'affranchit de tous les devoirs, de tous les sentimens, s'abandonne à la morne indifférence envers les vices, les crimes.

Tellement, que d'un pas égal, l'idée tend à la forme la plus parfaite de la société, qui ne se fonde, ne se cimente qu'à l'aide de la vertu, pendant qu'en réalité les passions brutales, les habitudes ignobles dominent de plus en plus le caractère.

L'idée honteuse ce semble de se soumettre à la réalité, et cependant inhabile à entraver sa marche, entend pour sa consolation et comme en compensation, s'élever, s'exalter en elle-même.

De là, entre ce qui se veut et ce qui se peut, s'augmentent de degré en degré, l'incompatibilité d'existence, l'impossibilité d'alliance.

Et les mécomptes sont plus grands, en ce que la méprise est plus forte : et le travail impuissant, infructueux, arrive, à travers les douleurs, les désastres, au terme de l'épuisement, aboutit à l'état de torpeur, d'apathie.

La fin en réalité se rencontre diamétralement opposée à la fin en idée; au lieu qu'on rêvait la liberté au *maximum*, survient le despotisme au *maximum*.

L'épouvante du retour d'une telle crise rallie en leurs vœux, en leurs vues, et les peuples déçus, et les chefs promus.

Ainsi que les malheureux atteints d'hydrophobie, au premier pressentiment de leurs accès, les peuples s'offrent aux chaînes, aspirent à la camisole de force, n'imposant d'autre tâche, ne laissant d'autre peine, que de les mettre, les tenir en servitude.

Et voilà la France, voilà l'Europe sous le bâton, seul point de repos, seul port de salut.

Par un cercle vicieux et pourtant naturel l'ère

première de la société se retrouve en l'ère dernière:
le commencement se représente à la fin.

A peine en ses souvenirs nuageux, la mémoire
garde quelque trace des temps intercallés de l'une
à l'autre ère, des êtres interposés entre le commencement et la fin.

En fait de races dynastiques, hiérarchiques, les
anciennes sont débusquées, de nouvelles les ont
supplantées.

En fait de formes politiques, de lois sociales, il y
a, non pas rénovation simple, mais innovation
pleine.

Tout diffère sans doute, tout contraste peut-être :
ce qui était, ce qui est, ne se rallie qu'en un point,
n'a de commun que le bâton à régner.

C'est que la France, l'Europe ont passé par
l'abîme, ont tout laissé dans l'abîme, se sont sau-
vées nues, comme en la nature primitive, de l'abîme.

C'est aussi qu'un tel sceptre n'avait à surgir que
du fond de l'abîme, n'avait à être manié que par
un être enfanté, élevé à travers les tourmentes.

Ici, se rencontre l'erreur trop plausible, trop flat-
teuse, et tant sinistre, tant fatale.

La fièvre des esprits, comme celle des corps, est
sujette à l'intermittence, à des phases successives
d'accès violens, de morne calme et de retour d'accès.

L'erreur, quant aux choses, consiste à mal saisir
l'état réel, à prendre la fin de l'accès pour la fin de
la crise : on se laisse tromper aux simptômes
ostensibles du morne calme, du calme plat, suivant l'expression des marins, où se fomentent

en secret, d'où éclatent avec fracas, les ouragans.

L'erreur, quant à l'homme, consiste à se mal sentir soi-même, à se méprendre de la forme au fond : on se laisse aller au charme des souvenirs surannés, à la foi dans les droits primitifs, bien que ce soit en ces sources mêmes où réside le péril radical.

Eh ! l'être sauveur, *le messie social*, s'il est décent de parler ainsi, doit être né et nourri au sein des désastres, doit s'élancer, s'enlever du fond de l'abîme : issu de toute autre origine, assis sur toute autre base, l'être ne tarde pas à être renversé et le siège à être brisé.

Ainsi, sans prononcer les noms à mettre en contraste, l'être sauveur en Angleterre, était de la sorte de Cromwell, et en France, de la sorte de Bonaparte.

Sous la forme de l'un et de l'autre, l'être commandé par le ciel, convoité sur la terre, est vraiment apparu aux sens abasourdis : si l'office sacré n'a été accompli ni par l'un ni par l'autre, c'est à cause que la crise n'était pas rendue au terme final.

Deux conditions ont à se rencontrer dans *le messie social* : qu'il arrive on ne sait d'où, qu'il parvienne on ne sait comment, et qu'il ne mène, ne traîne après lui que des êtres arrivant, parvenant de même. Il lui faut avoir les caractères du météore, tout à coup étincelant, de la comète, à l'improviste frappant l'œil du plus vif éclat, qui ne soit point accompagnée par des satellites légers, point circonvenue par un anneau massif.

Sauf à être un Cromwel, à être un Bonaparte, tel et tel chef, non sans que l'un n'ait plus de chance que l'autre et par exemple Guillaume plus que Jacques, n'a pouvoir, n'a moyen que d'amortir le mouvement, d'aplanir le chemin, d'adoucir le passage.

S'il lui passe en tête de faire s'arrêter le char lancé sur une pente rapide, ou pis encore, de lui faire remonter la côte à demi-descendue, le char, tenu en suspens pour l'instant, ne tarde pas à se dégager des obstacles, à se précipiter avec une vitesse accélérée.

Qu'est-ce donc que la race humaine, si orgueilleuse, qu'elle ose affronter le décret des destins et se jeter à la traverse de leurs plans; si imbécille, qu'elle ne peut concevoir qu'en la durée éphémère de son existence, il soit amené, par le cours obligé des choses, quelque révolution radicale.

« C'est la loi suprême que ce qui a eu commencement aura fin, que rien n'est stable, immuable, ici bas.

« L'avenir accourt. Voilà qu'elle est consommée, la ruine de ce qui existait, qu'elle est close à jamais l'ère sous laquelle tout vivait encore : et sur l'instant, c'est un autre cycle qui s'ouvre, dévoué à la même destinée ; c'est un ordre nouveau qui surgit à travers le chaos, s'érige sur les débris, et demeure jusqu'au terme assigné d'avance.

« Quoi qu'en disent les esprits faibles, les faibles cœurs, il n'est apparu encore que des signes précurseurs, que des tonnerres avant-coureurs, trop

semblables à ces éclairs de chaleur, dont l'avène-
ment au soir d'un jour serein annonce pour
quelque époque peu lointaine, un de ces orages
surchargés de foudres, fouettés par la tempête, qui,
dans l'ordre physique, menace de bouleverser le
globe, et dans l'ordre social, arrache le monde à
ses erremens accoutumés, réduit en poudre son
pivot immémorial, et l'enlève, le balotte dans l'espace, le retourne en sens contraire. » (*De la Septennalité*, 1824).

Déja la société humaine a subi des transforma-
tions radicales, tantôt par la conquête, tantôt par
la religion ; deux modes qui ne paraissent plus appropriés aux temps actuels, qui doivent être rem-
placés en quelque façon inouïe encore.

L'art de la guerre ébrèche le fil des armes ; l'art
de la plume émousse l'élan des ames : la puissance
du talent, le pouvoir de la parole, s'atténuent par
l'effet de l'usage.

Au cours de la vie de l'être-homme, de l'humanité abstraitement parlant , en la phase de jeunesse, domine le corps, soumis aux appétits bru-
taux, enivrans ; en la phase de maturité, règne
l'ame, sujette aux passions sensibles, exaltées.

Parmi les ordres divers de la nature animée, tout
avance d'abord et puis recule, tout commence et
cesse, tout naît et meurt : il est donné à l'accroisse-
ment, un temps, un terme, par-delà lequel est imposé le décroissement.

Quant au corps, quant à l'ame, dans la marche
progressive de la civilisation, peu à peu et de plus

en plus, l'un perd de son ressort, l'autre perd de son essor, tendant ainsi à tomber en l'inertie, en l'apathie.

C'est en cet état de dégénérescence, en cette ère de décroissement, que le cerveau, aspirant la force vitale, se met en travail, se confine entre ses parois, et couve, enfante, nourrit l'idée, ainsi appelée faute d'un mot mieux caractérisé.

L'idée étrangère aux faits, s'agite à part des sentimens de l'ame, à l'encontre des mouvemens du corps : elle ne comporte pas une opinion combinée et réfléchie ; elle emporte la volonté, séduite ou surprise.

De là, parmi tous les partis, inconsistance des vœux, incohérence des moyens, impuissance des efforts ; de là, entre tous les partis, opposition diamétrale, obstination réciproque.

Ce sont des temps où, soit en fait de conquête, soit en fait de religion, un Alexandre ou un César, un Mahomet ou un Luther, venant à éclore, à briller, ne manquerait pas d'échouer en ses fins.

Le cerveau est atteint d'une affection organique, d'une maladie propre à lui, contagieuse au plus haut point, se montrant tantôt ici, tantôt là, en apparence suivant le gré du sort, en réalité d'après la loi de nature.

Il faut le dire, au risque que la vérité, trop haute et inabordable au commun des hommes, se voie accueillie par le niais sarcasme ; en l'orbite de la vie de l'être humain ou de la société, ainsi que de

l'être inorganique ou du monde, un ordre succes-
sif de phases est préétabli dès l'origine.

De même qu'à la grande stupéfaction des têtes, à
la grande consternation des ames, advient fortui-
tement ce semble, et court de lieu en lieu, et dé-
bute, cesse, reprend, le choléra-morbus physique;
de même, et non avec surprise, avec épouvante,
attendu qu'on n'a pas la conscience du mal et la
connaissance des suites, apparaît en une façon, avec
une marche analogue, le cholera-morbus moral,
intellectuel.

Partant des points les plus opposés, né dans l'Inde
et en France, l'un et l'autre se renferme quelque
temps, se fortifie à un certain point au sein de la
mère-patrie, et alors se propage au plus vite, se
promène çà et là, parfois s'évanouissant, puis écla-
tant de nouveau, enfin menaçant toujours, partout.

Comme aussi l'un et l'autre, en chaque endroit,
à chaque instant où s'exerce son action, tantôt
ronge et dévore la substance déja appropriée à ses
appétits furieux, tantôt travaille et prépare au passage quelque autre part de substance ainsi assimilée
lors de son retour.

En ceci, de même qu'en toutes les choses de
sorte transcendante, comme notre frêle esprit est
impuissant à saisir le principe, à suivre le mouvement, aussi notre vain esprit est réduit à se nier à
lui-même, non pas la réalité des faits trop palpa-
bles aux sens, mais bien l'enchaînement des faits
trop subtils pour le jugement.

Par cela que l'homme n'est pas admis à la révélation des ineffables mystères de la nature, il lui faut attribuer chaque symptôme nouveau, à ce je ne sais quoi, vulgairement dénommé le hasard.

Habile en la science des mouvemens du ciel, il a su calculer l'orbite des comètes et les faire passer du genre des météores au rang des étoiles; tandis qu'inepte à la connaissance des mouvemens de l'ame humaine considérée en général, tout lui paraît phénomène, prodige.

Laissons parler les faits.

Qu'on déroule la carte d'Europe et au-delà, d'Amérique en totalité; partout la flamme s'élance dans les airs, ou le feu couve sous les cendres.

Dans la première catégorie, la mémoire rappelle, à peu près en cet ordre, les États-Unis et la France, l'Italie et l'Espagne, l'Amérique du Sud, la Grèce, la Suisse, la Belgique, la Pologne, et de rechef, la France naguère, l'Espagne maintenant.

Dans la seconde catégorie, la pensée présente l'Italie entière, l'Allemagne aux trois quarts, seulement en travail intellectuel; et la Hollande, la Prusse, les États-Unis du Sud, parfois en mouvement matériel; enfin l'Angleterre, bien qu'en ce grand pays il y ait de fortes chances de salut.

Et qu'on voie çà et là comment, dans le cours de l'affection essentielle, radicale, tel symptôme disparaît, tel accès se termine, sans que le principe morbifique avance vers la guérison.

Loin de là, comme les gouvernans chargés de la cure ne savent convaincre les peuples, ne peuvent

se vaincre eux-mêmes , tous les remèdes appliqués ,
ou n'attaquent pas le mal , ou aggravent le mal.

Tantôt ils cèdent , et c'est par faiblesse , ayant
épuisé les moyens de défense , si bien qu'il n'est
tenu compte de leurs actes que pour se fonder des
remparts et se forger des armes , à l'effet de faire
céder encore et toujours.

Tantôt ils résistent , et c'est par crainte , étant
frappés de l'imminence des périls ; de façon qu'a-
vant peu , il leur faut battre en retraite, abandonner
du terrain , où l'ennemi s'établit, se fortifie de plus
en plus.

Là le mot de roi , ici le mot de loi , sont prônés,
préconisés , en face de gens qui n'attachent aucun
sens à celui-là , et de la part de gens qui n'ont laissé
aucun sens à celle-ci.

Le respect est commandé à la parole, à la plume,
d'autant qu'il n'est point commandé au sentiment,
à la raison ; le silence est exigé sous des peines rigi-
des , attendu que nuls actes généreux n'inspirent le
langage.

L'orgueil est mené à sa perte par l'intrigue.

Cependant, à peine les princes ont du mal à faire,
tant l'intervalle est immense, tant l'espace est comme
vide, à les séparer des peuples.

Même les ministres, quelles que soient leur vanité,
leur avidité, ont peu de mal à faire, car dés appétits de telle sorte s'assouvissent en cette position
presque sans peine et sans gêne pour personne.

C'est la classe subalterne, espèce frappée au type
de courtisans, de valets, quant aux rapports avec

ses supérieurs, espèce marquée au titre de despotes,
de tyrans, quant aux relations avec ses inférieurs,
dont les déportemens tendent chaque jour à irriter,
à exaspérer l'esprit révolutionnaire.

Et en dehors de la hiérarchie gouvernementale,
dans les rangs de la bourgeoisie, pour peu que
l'exercice de l'état donne la prépondérance sur un
certain nombre d'agens, là où il n'y a plus lieu à se
faire valets, il y a lieu encore à se faire tyrans,
tyrans de hauteur, de dureté, d'exigence, d'avarice.

D'où, en l'ordre civil comme en l'ordre politique,
le fait est général, universel, que les inférieurs sont
vis-à-vis les supérieurs en état mi-partie de haine
et d'envie, sont émus de colère, épris de vengeance, aspirant à la ruine de l'ordre des choses,
dans le double espoir qu'ils y gagneront eux-mêmes et que les autres y perdront.

Le sentiment de haine contre l'autorité immé-
diate, rejaillit sur l'autorité suprême; le vœu de
l'affranchissement s'élance du maître prochain, jusqu'au maître lointain.

En France, il y a plus. Et c'est l'amortissement,
l'anéantissement de l'esprit public, de l'amour du
pays, de la foi au pouvoir.

En ce peuple saisi de dégoût, de mépris, déchu
des espoirs successifs, promené de hasards en hasards, à la fois se font ressentir et l'impuissance des
efforts, et l'indifférence aux événemens.

Quant à l'état des esprits, le Bas-Empire en rend
l'image ; quant à l'état des caractères, le directoire
en offre le tableau : deux situations où, par des

causes diverses, cet effet semblable avait lieu, que l'apathie morale amenait l'inertie physique.

Sous le rapport politique, on en est venu, presque de force et comme à l'insu, à cette vertu chrétienne de l'abnégation de tout vœu, tout désir, à cette vertu philosophique de la résignation aux troubles, aux crises.

Dépassant les prescriptions de l'une et l'autre loi, on se tient en la morne attente de l'avenir, de même prêt, sinon à l'accueillir, du moins à l'endurer, quel qu'il soit.

Il semble voir les fakirs de l'Inde, formes inanimées en apparence, bornes taillées en façon d'hommes, qui, la tête raide et l'œil fixe, les bras tombans et les poings fermés, ne sentent, ne pensent, ne bougent.

Le même effet se retrouve dans les rangs de l'armée, qui connaît, par un sûr instinct, où réside l'honneur militaire, qui ne sait plus au for intérieur, en quoi consiste l'honneur politique : tant à ce sujet, il a fallu lui parler et il lui a fallu agir, dans les sens les plus opposés.

Ici, les paroles du rapporteur de la loi relative à la presse, bien qu'il ne fût pas dans son entente d'en tirer de telles conséquences, font foi.

« Le pouvoir, messieurs, les uns l'outragent
« avec violence, les plus indulgens s'en défient,
« les meilleurs citoyens le laissent périr..... Après
« un demi-siècle d'agitation, on croit peu à la du-
« rée.... Le pouvoir, si souvent détruit, garde peu
« de prestige ; et, au milieu de tant de générations
« croisées, la foi politique conserve peu d'empire. »

Subir : tel est le lot de l'homme. Seulement ; au-dessus de l'animal, l'homme n'a pas à subir, sans prévoir en rien, sans prévenir quelque peu le mal ; comme aussi il a de plus à hâter, aggraver par sa faute, le mal qui était à subir.

L'homme hâte l'époque, aggrave la crise, lorsqu'il s'oppose à ce qui est inévitable, ou qu'il aspire à ce qui est impraticable.

Ainsi se laissait induire Louis XVI, qu'on blâme, lui qui n'était pas appris par l'expérience ; qu'on imite, lui dont l'exemple n'a que trop instruit.

Même on se comporte plus niaisement ; on se donne, on se prête du repos, en prenant soin de sauver l'œil, de sauver l'oreille, de la connaissance du mouvement des esprits : trop semblable à l'autruche, qui, se cache la tête derrière un arbre et, tranquille, reçoit le coup mortel.

Or, bien qu'on n'entende point de bruit, qu'on ne voie pas de lumière, sous l'ombre, en silence, s'opère le travail du principe révolutionnaire, engendré en la matrice du cerveau ; de même que s'opère celui du principe morbifique imprégné aux entrailles de l'être.

« Toute société est en travail, disposée à accoucher d'une autre société. Si le travail s'opère librement, lentement, l'œuvre vient à bien ; s'il est contrarié ou s'il est précipité, l'œuvre avorte; et parfois la société meurt à la peine.

« Après un travail obscur, occulte, de longue haleine, le dix-huitième siècle marquait le terme de l'enfantement, annonçait et appelait un autre mode d'existence.

« Le sentiment et la pensée, doués de mouvement, voués au changement, avaient fait des hommes nouveaux, auxquels n'allaient plus les anciennes formes.

« Il fallait, ou une rénovation progressive, émanée d'en haut, établie par la loi, ou une révolution subversive, jaillie d'en bas, effectuée par la force.

« D'une part, la rénovation progressive a été essayée à plusieurs reprises; d'abord par la monarchie, qui encore s'est le plus avancée dans la route; puis par la république, qui, s'étant trop hâtée, a rebroussé devant l'empire; enfin par la restauration, qui aussi n'a pas laissé que de faire du chemin.

« D'autre part, la révolution subversive s'est essayée aux mêmes époques, à la prise de la Bastille, sur la route de Versailles; et, à la suite d'horreurs de toute sorte, s'est noyée dans le sang, s'est enfouie sous les ruines, jusqu'en juillet 1830. » (*La catastrophe*, 1835.)

Ici, la tête s'est troublée, s'est perdue, parmi les gens dont la faute est telle que de couvrir le crime; qui, alors que le siècle marchait, attirant les uns, entraînant les autres, ont brusqué le cours des choses, ont évoqué en cause, la force.

La tête s'est troublée, s'est perdue, à voir comment les pavés sont lents à se refroidir de gloire, sont prompts à se rallumer de colère.

La tête s'est troublée, s'est perdue, à se voir lancer du plus bas au plus haut, et installer, inaugurer au suprême siége, tremblant sous soi.

Et ceci, que n'avaient pas compris les revenans de 1814, d'où est surgi la révolution politique, est moins compris encore par les parvenus de 1830, d'où jaillira la révolution sociale.

« Il y eut une révolution affreuse, désastreuse, calamiteuse, de vieille date amenée, obligée, et en son cours envenimée, exaspérée, par les travers de tête, par les vices de cœur, par l'absence du sens, du sentiment.

« N'y a-t-il pas de quoi relever l'esprit, raviver l'ame, et pousser sur des erremens meilleurs?

« Eh! ce qu'ont fait nos pères, ne le faisons pas. Furent-ils avides et ambitieux? Ne le soyons pas. Furent-ils orgueilleux et hautains? Ne le soyons pas. Furent-ils intrigans et flatteurs? Ne le soyons pas.

« En un mot, y avait-il de l'égoïsme partout? Maintenant, qu'il n'y en ait nulle part. » *(Sur la Septennalité,* 1824.*)*

Or, dites s'il y a de l'égoïsme, apparaissant sous les formes variées d'avidité et d'ambition, d'orgueil et de hauteur, d'intrigue et de flatterie?

Dites s'il y en a, en quelque endroit, à quelque instant; ou plutôt, si partout, si toujours, il n'y en a pas?

C'est comme le péché originel, auquel la volonté n'a pas connivé, duquel la volonté ne corrige pas : c'est un péché virginal, s'il se peut dire, dont il n'y a lieu de se repentir, dont il n'y a moyen de rougir, ainsi qu'il est constaté par cet aveu ingénu.

(Rapport de M. de Barante.) « Il semblait que par le choix sympathique d'une dynastie nouvelle, la France se trouverait satisfaite..... Bientôt il fut proclamé qu'il fallait faire une révolution sociale, et comme les classes moyennes trouvent la société actuelle *à leur guise*, telle qu'elles-mêmes l'ont faite, on chercha à introduire dans la politique, *un autre public.* »

Voilà donc que la société a été *faite à leur guise* par les classes moyennes, et que c'est trop juste.

Voilà que c'est fort inique d'introduire dans la politique, *un autre public.*

Tout est là, et le crime ou la faute, ainsi qu'il plaira, et le trouble patent ou secret, et le péril prochain ou lointain, et le désastre final.

Tout est là, en cette double façon, que le tort devant exister quelque part, comme on ne s'accuse pas soi-même, c'est de force qu'on accuse les autres; et que le mal devant être prévenu, comme on ne se corrige pas soi-même, il faut bien réprimer, punir les autres.

Tout est là, avec cette marche progressive, que le tort des gens tenant le pouvoir enfante le tort des hommes composant le peuple, et que la compression, la condamnation, infligées par ceux-là à ceux-ci , viennent aggraver le tort des premiers , et par suite , le tort des derniers.

Et cela se dit, se fait de bonne foi, pleine et entière : car c'est encore dans la religion de l'égoïsme, que se rencontre au plus haut degré, la foi d'instinct, de sentiment.

Qu'on écoute plutôt en leur innocent orgueil, en leur niaise vanité, les fanatiques d'égoïsme.

Deux mots viennent d'échapper, si clairs pour eux et si étranges à tous autres , si vrais pour eux et si absurdes à tous autres, qui se prêteraient aux plus longs commentaires.

« La société actuelle a été faite par les classes moyennes. »

Tel est, autant qu'il apparaît au langage, l'ultimatum du progrès, le maximum du bonheur, le *nec plus ultrà* du destin, dans l'ordre social.

Que nul ne s'aventure à porter l'œil, à porter le doigt sur la sublime arche : *noli me tangere.*

Que nul ne manque à se mettre à genoux, à se courber les reins au passage du char triomphal : *compelle intrare.*

« Les classes moyennes trouvent la société à leur guise. »

En effet, ayant daigné prendre la peine de faire la société, n'était-il pas juste que la peine fût payée à un certain prix, n'était-il pas simple que l'œuvre fût accomplie au bon plaisir de l'ouvrier?

Même, ce ne serait pas loyal que tels et tels quidams, en nombre immense, ôsassent marcher sur les brisées, et refaire la société déja faite par certaines classes, la refaire de sorte à ce qu'eux-mêmes la trouvent à leur guise.

Aussi, quelle horreur, quelle terreur, vont se faire ressentir, s'il est proclamé qu'il faut faire une révolution sociale, s'il est tenté d'introduire dans la politique, un autre public.

Un autre public, grand Dieu ! lequel n'est pas moindre que la population aux neuf dixièmes, lequel tient d'en haut la justice, et de plus, tient ici-bas la force.

A une telle pensée, et de bonne foi et en conscience, au for intérieur de l'égoïsme, circule cet accent encore étouffé : *tolle, tolle!*

Cependant, tôt ou tard, de sorte ou d'autre, avec ou sans peine, cet autre public fera une révolution sociale, se fera une société à sa guise ; et la cause en vient de ces classes, *par* qui a été faite, *pour* qui a été faite, la société actuelle.

Qui tremble a raison ; qui blâme a tort.

Certes, la fatalité, amenée à la suite des fautes de ceux-là même qui la renient à présent, la nécessité déterminée par l'effet des crises provenant de ces fautes, sont investies du droit suprême, par cela que le besoin prescrit et que le pouvoir permet son exercice.

Quoi qu'en disent toutes les écoles, d'accord sur ce seul point, le droit est de sorte provisoire et transitoire, étant toujours en titre au commandement, et n'ayant jamais de titre en opposition, du besoin commun.

Ainsi, en juillet 1830, quant à l'élection ou

plutôt à l'érection du prince, car il n'y avait pas d'alternative dans le choix, de par la fatalité, la nécessité, tout droit était dévolu à ceux qui, par un coup du sort, avaient l'autorité effective : *salus populi, suprema lex*.

Là cessait le besoin, et là aussi cessait le droit : il ne restait que le pouvoir à faire usage ou abus.

C'est alors que la société vint à être faite par les classes moyennes, de sorte à être trouvée fort à leur guise.

Vraiment, comme à l'impossible nul n'est tenu, la société n'avait pas à être faite par *un autre public*, et seulement avait à être faite de sorte qu'il la trouvât à sa guise.

La société devait être faite *par* les classes moyennes et ne devait pas être faite *pour* les classes moyennes.

Même, et c'est chose presque ridicule à dire devant l'espèce régnante du siècle, elle devait être faite *contre* ces classes.

Puisse-t-on tolérer ici un mot écrit en 1814 :

« Il convient de porter beaucoup de scrupule quand on balance les intérêts de l'aisance et de l'indigence : la pensée, la parole, la plume, tout est aux mains ou aux pieds de celle-là. Les discussions de cette sorte se résolvent d'emblée, sans qu'il y ait ouverture aux débats; et, avec l'aide du temps, l'arrêt est consacré sous la forme d'axiôme. Malheur alors à qui prétend attaquer l'idole! Mais l'idole n'est assise que sur le sable, et, tôt ou tard, cette base mouvante s'échappe sous la masse gigantesque. » *(De la taxe des sels, 1814.)*

Comme d'un bord, s'exercent toutes les influences morales, de richesses et de places, de naissance et d'éducation, de formes et de manières, d'esprit et de talent, d'adresse et d'audace, de contact et d'accord; de l'autre bord, en balance, doit s'ériger l'influence légale.

Encore la loi, ayant à être traduite par des membres de ces classes, a aussi à être écrite en la façon la plus expresse, la plus rigide.

Si le roi savait!... Si la loi voulait!... Tel est tour-à-tour le vœu, le cri de cet autre public.

Ici, les orateurs religieux, les écrivains politiques n'ont que la même parole, ceux-là parce que c'est juste, et ceux-ci parce que c'est sage.

De nos temps, l'ordre légal a pour toute mission d'élever des remparts, au-devant des armes que prête l'ordre moral.

Cela même, qui protège la personne dans la masse populaire, protège aussi la chose dans l'élite sociale : car la faute ou le crime porte sa peine; et l'injustice appelle la vengeance, et le despotisme enfante la révolte.

Cela même garantit le prince de ces deux périls, et que l'élite ne le trompe d'abord; ne le dompte ensuite, et que la masse ne se révolte, ne le renverse.

En 1814, un écrit avait été conçu sous ce titre : *Le Prince et le Peuple*; lequel titre aurait seulement à être changé ainsi : *Le Peuple et le Prince*.

Tout est dans ces deux mots, et ces deux mots ne font qu'un.

Il y a harmonie préétablie entre le prince et le peuple, l'un et l'autre qui n'ont point de mal, n'ont que du bien, à se faire.

Leurs rapports semblent être assez bien rendus par l'image de la rosée qui, au sein des ténèbres, s'épand du ciel sur la terre, et après l'avoir rafraîchie, fécondée, au retour de la lumière, s'exhale de la terre vers le ciel.

Comme le prince lève la dîme sur toutes les récoltes en richesse et en puissance, de l'ordre moral, physique, matériel, aussi le prince propage la semence, protège le labeur, appropriés à les engendrer, à les mûrir.

Comme le peuple vit et jouit des récoltes, aussi le peuple offre la dîme, attribuée à les lui garantir.

Tel est le contrat social entre les deux parties, le peuple, le prince.

Si le prince n'est parjure, le peuple reste fidèle : si le prince se donne au peuple, le peuple se donne au prince.

Des exemples sans nombre montrent le peuple se vouer, se dévouer au prince, par-delà toute mesure; et le montrent, à bout de souffrance, de patience, se soulever, se révolter.

Partout, toujours, la cause propice ou funeste émane du prince ou plutôt de ses alentours.

Sauf l'emploi tout-à-fait inapplicable en ces temps du Jubilé cinquantenaire des Juifs, dans l'immense intervalle qui sépare le peuple du prince, des individus d'abord, des classes ensuite, apparaissent, à peine s'échappant de la masse, et s'en détachant au plus vite, et s'élançant de rang en rang, et s'installant au plus près de la cime.

Ces existences de seconde formation qui se faufilent entre la masse et la cime, n'ayant point de principe, n'ayant point de base propres à elles, pèsent sur celle-là, ébranlent celle-ci; et étant réduites, bornées à une vie factice, demeureront vis-à-vis du peuple, du prince, en état de guerre ouverte ou de lutte secrète.

Ce qui se manifeste au plus haut degré, alors qu'elles ont germé subitement et poussé hâtivement, sous le coup ardent de soleil qui succède aux orages; attendu que leurs racines ne sont pas implantées dans le sol, que leur tige étiolée tremble au premier souffle de vent.

Or, c'est en cet état des choses, que les classes dites moyennes, ou, pour mieux dire, les existences jadis comprises avec raison et encore confondues à grand tort sous ce titre, qui ont percé à travers les crises, qui se sont élevées hors des rangs, *trouvent la société actuelle à leur guise, telle qu'elles-mêmes l'ont faite.*

Justement, parce que ces classes, ou plutôt ces existences la trouvent à leur guise, le peuple ne peut, le prince ne doit, ni l'un, ni l'autre, la trouver à sa guise.

Sans doute, la société avait à être faite *par* elles, les pouvoirs intellectuels n'existant pas ailleurs : sans doute aussi, la société n'avait pas à être faite *pour* elles, le besoin physique et donc le droit moral existant ailleurs.

Même la société avait à être faite *contre* ces classes ;
en ce sens seulement, car il faut s'entendre, qu'elles
fussent retenues, réprimées dans leurs empiéte-
mens (*encroachements*), dans leurs envahissemens
ou patens ou occultes, d'un bord sur le peuple, et
de l'autre sur le prince.

Voici, en sa plus simple expression, le problême
social, dont la solution est presque au même point,
difficile, nécessaire ; et, en tout cas, ne sera jamais qu'approximative.

« Obtenir que la société, bien qu'elle soit faite
par les classes moyennes, ne soit pas faite *pour* elles,
et plutôt soit faite *contre* elles. »

Le problême comporte ces termes ou données,
l'élite, le peuple, le prince ; autrement, en se ser-
vant des mots usités en politique, les principes de
l'aristocratie ou de l'oligarchie, de la démocratie,
de l'autocratie.

Dans ces trois termes, le peuple n'est rien quant
à l'action, est tout quant à la direction ; et l'élite est
induite à se comporter au détriment du peuple ; et
le prince est tenu à repousser les attaques, à se
charger de la défense.

De là, ressort cette évidence trop méconnue dans
le système représentatif, attendu qu'à son origine
on était inappris des périls qu'il entraîne, que le
prince doit être investi non-seulement de préémi-
nence, mais encore de prépondérance, et doit ne
pas se soumettre à la domination, en apparence
constitutionnelle, de l'élite.

A cet égard, la vague horreur de l'autorité concentrée en un homme de chair et d'os, comme elle est transmise par la mémoire des torts et des maux qui en sont résultés, trompe les meilleurs esprits, à tel point, qu'à la fois, ils sentent que la représentation n'est que fictive et veulent cependant qu'elle soit omnipotente.

Par une fiction aussi, qui est moins éloignée de la vérité, qui est de même nécessitée par la force des choses, le prince est le représentant des intérêts ou plutôt des besoins, non participans à l'œuvre de la loi, et toujours souffrans par le fait de la loi.

« Le roi est le représentant obligé, le représentant unique des intérêts, dont chaque fraction est d'un poids insignifiant, dont la masse est éminemment prépondérante, qui ne sont point représentés d'après les formes légales, qui sont tenus à l'écart et mis à part, non sans le juste motif de leur impuissance à se faire valoir, mais aussi sous le faux prétexte de leur certitude d'être défendus en même temps que les autres.

« Or, quels intérêts, sous le rapport du nombre, que ceux de trente millions d'êtres passifs, sauf l'exception et en comparaison de soixante mille citoyens actifs !

« Quels intérêts, sous le rapport de la rénovation insensible de la société, dont les rangs, les classes favorisées par le sort, tendent à s'altérer, à se corrompre, à s'éteindre, et que vient rajeunir et régénérer cette jeunesse élevée dans la retraite, éduquée sous la peine, douée de la force. » (*La Royauté*, 1829.)

A titre de devoir et de droit, ici ralliés comme partout, le prince est appelé à exercer une autorité transcendante, en faisant usage de l'initiative, du refus de sanction, et, mieux encore, en tirant parti du raisonnement, du sentiment même.

Combien il serait puissant, le prince qui, dans les plans de législation comme dans les actes d'administration, se consacrerait à l'un et l'autre de ces soins, tantôt de porter aide en ses efforts, tantôt de prêter appui contre les assauts, au peuple!

Un tel prince n'aurait plus à craindre l'opposition de tribune et de presse, qui se sentirait comprimée en ses paroles, ses pensées, ses espérances, et qui, en tout cas, se verrait dépourvue d'influence sur les esprits, sur les cœurs.

Un tel prince n'aurait plus à craindre, ni les insurrections dans les rues, mal accueillies de toute part, étouffées sur le lieu même, ni les conspirations contre sa personne, refoulées en l'ame la plus infernale, par la conscience de l'unanime anathème.

Un tel prince aurait même à espérer, non pas que l'orbite des révolutions fût tranché net en l'un ou l'autre point, mais bien que le mouvement s'affaiblît, que le terme s'éloignât, que la crise s'adoucît.

Un tel prince aurait peut-être à tenter, disons le mot, de se faire maître, despote, et franchement, ouvertement : en laquelle entreprise, la route serait aplanie par l'effet du dégoût, du mépris envers les choses, de la haine, de la colère contre les hommes; et le triomphe serait salué du moins au for inté-

rieur, alors délivré de la crainte incessante des révolutions.

Ici, se représente cet axiôme, de tout temps utile
et juste, et de nos temps obligatoire, indispensable
à réaliser :

Le roi du peuple enfante un peuple au roi.

Au cours de la vie sociale de l'humanité, il se
rencontre des chefs, des rois de genre différent, de
sorte contrastante, d'abord installés à l'ordre des
hasards, puis confirmés au moyen du succès, enfin,
consolidés par le poids des habitudes.

En la phase présente, il n'y a qu'une royauté possible.

Et ce n'est pas une royauté théocratique, alors
qu'au sein des esprits, le néant seul comble l'espace
entre le ciel et la terre.

Ce n'est pas une royauté aristocratique, alors
que, sous le coup des faits, l'abîme a dévoré et les
titres et les mérites.

Ce n'est pas une royauté démocratique, comme
il fut entendu follement en 1791 et 1830, alors
que les mœurs se sont perdues, que les lumières
n'ont point été acquises.

En ne tenant compte d'aucune de ces formes,
toutes diverses et toutes vaines, sous lesquelles la
royauté d'ancienne convention n'a jamais été ce
qu'elle devait être, il faut que, suivant le mode
adapté aux temps, la royauté de nouvelle invention
soit ce qu'elle doit être.

La royauté possible est la royauté populaire ;

Non certes, à prendre cette expression dans le

sens de flatter les passions, d'exciter les tenta-
tions, jetant indignement dans l'ivresse et mala-
droitement s'exposant aux suites ; mais plutôt à
la prendre en ce sens, de recueillir les vœux
mûris, de rechercher les besoins sentis, à l'effet
d'accomplir ceux-là, de contenter ceux-ci, jusqu'au
point où le devoir cesse, parce que le pouvoir
manque.

Ainsi se sauve la royauté.

Ainsi, elle atteint, elle aborde l'ultrà-royalisme,
qui délaisse le repentir pour la colère, somme le
sort de réparer ses fautes, renforce la peine à défaut
de l'endurer, et passe des regrets aux espoirs, prend
des désirs pour des efforts, et transporte le passé
dans l'avenir, en franchissant par-dessus le présent,
et va, foulant aux pieds le possible, se heurter, se
briser contre l'impossible.

Ainsi, elle tourne, elle déborde l'extra-libéra-
lisme, qui emprunte une bannière attrayante, af-
fiche des couleurs trompeuses, embauche les recrues
de l'innocence, et combat avec les bras du peuple,
triomphe par le sang du peuple, et se saisit de la
puissance, se répartit les dépouilles, et convoque à
son service, contraint à sa défense, les victimes
d'abord leurrées, maintenant intimidées.

Tellement que le royalisme désapointé, faiblit
en ferveur, que le libéralisme déconcerté, faillit
en audace, même au sein des chefs de parti, et,
l'un comme l'autre, perdent la masse d'adhérens,
qui leur prêtait une certaine apparence de titre, de
force.

A défaut d'avoir tenté l'épreuve et d'être appris par l'expérience, nul ne sait encore quel est l'attrait sur les cœurs sensibles et l'ascendant sur les esprits justes, d'une conduite de libéralité et de loyauté, soutenue dans les actes, motivée par les paroles.

La nouveauté, l'étrangeté, l'originalité, à elles seules peut-être, obtiendraient le succès.

Et voilà que les deux partis hostiles, s'annulant à peu près, préservent l'ordre existant, d'abord des menées occultes ou patentes qui jettent l'inquiétude dans les têtes, et surtout des mesures prises à leur sujet, qui portent l'irritation dans les ames.

Voilà que l'étoile des destinées sociales est affranchie des perturbations anomales, n'est plus soumise qu'aux influences régulières, et, non sans passer par les phases assignées, non sans avancer vers le terme imposé, suit, en son mouvement lentement progressif, la route qui aboutit aux fins éternelles.

Même, les phases ou les crises deviendraient presque insensibles, même le terme ou l'abîme serait indéfiniment éloigné, si ce n'était que les facultés de l'homme sont privées, en dépit de la plus haute, de la plus ferme volonté, d'atteindre à la perfection absolue, et sont bornées, ainsi que dans les équations d'un certain ordre, à l'emploi des méthodes seulement approximatives.

Fragmens d'un écrit de 1827.

Lors de l'invention de la Charte, l'autorité suprême s'aperçut que les conditions anciennes de son exercice, passées d'habitude, effacées de la mémoire, étaient difficiles à rétablir, impossibles à affermir.

Ainsi l'autorité fut induite à se désister du pouvoir absolu, à se dessaisir de la force matérielle, fut induite à organiser la puissance morale de l'opinion, à la constituer sous des formes précises et limitées, à faire jouer son mécanisme au grand jour.

Déja, ce germe subtil, ce principe pénétrant, s'est propagé dans tous les organes de l'être social, et se manifeste sur tous les points, à toutes les occasions. La justice et le barreau, les sciences, les lettres et les arts, l'industrie et le commerce, les salons et les cafés, les jeux de la scène, les pompes du décès, en font foi; il n'y a pas jusqu'aux ministres qui ne le sentent, puisqu'ils tremblent.

Et que dire du peuple, de l'armée; masses énormes, où le mouvement intestin est lent à percer, plus lent à éclater; masses ineptes, dont dispose presque toujours quelque impulsion étrangère? Insensé qui se fierait à leur état apparent d'inertie! En un clin d'œil, on les voit passer du calme au désordre, de la torpeur à la frénésie.

Les gens viennent alors, et prétendent faire rentrer entre cuir et chair, l'opinion, qui sort par tous les pores; prétendent étouffer le germe du mal en coupant la fièvre d'éruption, non sans courir le risque que l'humeur, encore bénigne tant qu'elle s'exhale et s'évapore au dehors, ne tourne soudainement en un virus corrosif qui porterait le feu dans les entrailles.

Pauvres gens ! ils n'ont pas appris en classe que le germe du mal est souvent identique avec le principe du bien , et que l'opinion est un moteur également apte à agir dans tous les sens ; semblable à la vapeur, si l'on veut, dont la force expansive doit être contenue et réprimée pour éviter les plus terribles accidens, et néanmoins ne peut être remplacée par aucune machine , pour faire mouvoir des rouages de plus en plus compliqués.

Pauvres gens! ils n'ont appris, ni par le jugement, ni par l'expérience, que, sous la forme qui lui a été donnée par l'acte de la volonté royale et par l'action des temps qui est armée aussi de légitimité , la société française vit uniquement de l'opinion ; ils n'ont pas appris que l'autorité, ayant abdiqué des titres désormais impossibles à faire valoir, s'étant, par la double vertu de la délicatesse et de la nécessité, dessaisie du maniement de la force matérielle, aussitôt qu'elle répudierait l'alliance, l'assistance de la force morale, resterait dépourvue de toute puissance.

.   .   .   .

Qu'on nie le mouvement de la terre ! Au moins cette idée ne tombe pas dans l'absurde, puisque tous les phénomènes de l'orbe céleste s'expliquent de même par les deux suppositions. Il fallait des calculs d'un ordre transcendant pour arriver à la vérité des choses.

Qu'on nie l'influence de l'opinion ! Ce serait faire un bien autre pas dans la carrière de l'erreur ; ce serait partir d'un principe absurde pour un tirer des conséquences perfides : au lieu d'expédier à Poissy, les mains liées derrière le dos et la bouche close par le bâillon , les Galilées de l'opinion, il conviendrait plutôt de faire déposer à Charenton, les Zoïles de la civilisation.

Mais qui est-ce donc qui nie l'opinion , sauf qu'au préalable il n'ait été renié par elle ? Qui est-ce donc qui tente d'étouffer toute lumière , à moins que chacun de ses rayons ne lui semble chargé de la foudre vengeresse ? Qui est-ce qui implore le retour des ténèbres, si ce n'est à l'imitation du hibou, que la nuit installe au trône des airs ?

Sortons de l'absurde : il n'émane que du bord des lèvres et ne repose au for intérieur de qui que ce soit. Or, si l'opinion est connue à titre de puissance essentielle, de puissance indépendante, et peut-être récalcitrante, il reste seulement à découvrir comment l'État doit obtenir son aide et conquérir sa force, comment il peut s'approprier un outil qu'il n'y a pas moyen de briser, et qui travaille à son détriment, si ce n'est à son profit.

Telle est la question nettement tranchée.

Tant que la secte des matérialistes politiques n'aura pas refait à neuf l'*homme machine* de La Mettrie, tant que l'homme machine ne sera pas formé, tant que la société machine ne sera pas fondée, il y aura dans cet être fait à l'image du Très-Haut, sentiment, pensée, jugement; il y aura entre tels et tels de ces êtres, entre tant et tant de ces êtres, concordance de sentiment, de pensée, de jugement. Voilà ce que c'est que l'opinion publique.

L'expression seule manquait encore, si le ciel n'avait accordé à l'homme la parole et le regard, si l'homme n'avait acquis avec le temps la plume et la presse. Et quels sont les ingrats, les rebelles, qui prétendraient lui ravir les grâces du ciel, les faveurs du temps? Malheur à eux ! Dans l'opinion reléguée, repoussée, refoulée, l'expression des organes moraux ne tarderait pas à être remplacée par l'expression des forces physiques.

. . . .

. La presse périodique doit être mise sous le scellé : c'est un grand pas ; mais ce n'est que le premier pas. En parlant des hommes, nous disons nos semblables, justement parce que tous les êtres de cette nature sont nés en sympathie, sont tenus en harmonie, et s'entendent entre eux, non par un seul organe, d'après un tel mode, mais par tous les organes, d'après tout mode quelconque : la lecture, la parole, les signes, les gestes, leur servent tour à tour et leur suffisent à cet effet. Un des organes manque-t-il, les autres y suppléent : tous les organes manqueraient-ils, sauf un seul, le dernier survivant s'animerait d'une énergie supplémentaire, afin de les remplacer.

Et quelle misère dans le projet qui fait tant de bruit ! Enchaîne-t-il la langue? engorge-t-il l'ouïe? entrave-t-il les mouvemens? Jusqu'à cette heure, les prétentions ne s'élèvent pas aussi haut. Crève-t-il les yeux seulement? Hélas! non; la vue reste intacte : il ne lui est soustrait qu'un seul mode de transmission, pour le sentiment, pour la pensée; l'organe est apte encore aux immédiates communications, à l'aide des rayons visuels, est capable encore d'une communication intermédiaire, a l'aide *des traits divers de figures tracées*, à la main, c'est-à-dire.

Quelle misère! parmi tous les moyens de relation entre les hommes, le projet ne menace que la presse, que la presse périodique, qu'une partie de la presse périodique. Il y a loin de ces mesquines tentatives à la fin tant convoitée de tarir à sa source, d'obstruer en son cours, d'engloutir à son dernier terme, l'opinion publique.

On n'attaque qu'une des voies de communication; on ne tente pas même de la couper, au moins pour l'instant; on se borne à la rétrécir. Toutes les autres voies restent libres; l'esprit humain s'y précipitera, et leur pente est encore la plus rapide : l'abîme les couronne.

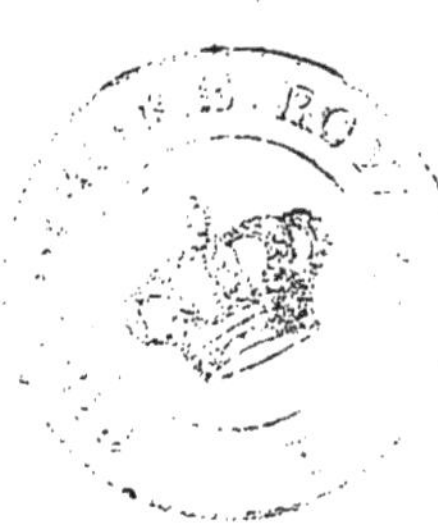

IMPRIMERIE D'A. PIHAN DE LA FOREST,
rue des Noyers, nᵒ 37.

9 782019 971236